어른이 된다는 건

어른이 된다는 건

おとなになるってどんなこと?

요시모토 바나나의 즐거운 어른 탐구

요시모토 바나나   김난주 옮김

민음사

おとなになるってどんなこと?

by Banana YOSHIMOTO

시작하면서   7

첫 번째 질문.   어른이 된다는 건 뭘까?   11

두 번째 질문.   공부는 꼭 해야 될까?   33

세 번째 질문.   친구란 뭘까?   47

네 번째 질문.   똑같다는 건 뭘까?   61

다섯 번째 질문.   죽으면 어떻게 될까?   71

여섯 번째 질문.   나이를 먹는다는 건 좋은 일일까?   91

일곱 번째 질문.   산다는 것에 의미는 있을까?   99

여덟 번째 질문.   열심히 한다는 건 뭘까?   107

내일을 생각하면서   115

옮긴이의 말   127

?

우선은 감사의 말을……

이 글이 완성될 때까지 저를 믿고 끈기 있게 기다려 주
신 지쿠마쇼보의 쓰루미 지카코 씨, 감사합니다. 실현될
날이 반드시 오리라 믿고 있었기에, 가만히 기다려 주신
점, 가장 큰 격려가 되었습니다.

책을 만드는 작업을 줄곧 도와 준 요시모토 바나나 사무소의 여러분, 늘 감사합니다.

이제부터 이 글을 통해 많은 말을 전하게 될 텐데, 딱 한 가지 하고 싶은 말은 "어른이 되지 않아도 괜찮아요, 다만 당신 자신이 되세요."입니다. 그것이 여러분이 이 세상에 태어난 목적이니까요.

아무쪼록, 이 말을 새기고 읽어 주세요.

그리고 지금은 다소 어렵게 여겨지는 부분이 있더라도, 언젠가는 기억하고 떠올려 주세요.

이 책은 먼 앞날에 이르기까지 여러분에게 힘이 될 수

어른이 된다는 건

있을 거예요.

？

기분이 오락가락하거나 자기 자신을 믿을 수 없을 만큼 슬럼프에 빠졌을 때, 책을 손에 들고 잠시나마 되짚어 읽으면 자기도 모르게 내면을 조율하고, 그 중심으로 돌아가게 되는……

그런 수호신 같은 책을 만들고 싶었습니다.

그럴 수 있기를 간절히 기도하는 마음으로, 정말 수호신을 만들듯 만든 책입니다.

아직 나이로는 어른이 되지 않았거나 이미 어른이 되었음에도 불구하고 내면의 어린아이를 소중하게 품고 있

는 여러분의 잠 못 이루는 밤, 이 책이 살며시 다가와 주

기를 바라며…….

요시모토 바나나

어른이 된다는 건

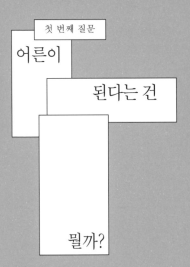

첫 번째 질문

어른이

된다는 건

뭘까?

?

처음 어른이 되었다고 생각한 순간을 저는 똑똑히 기억합니다.

한심하게도 상당히 늦은, 중학생 때였죠.

저의 어린 시절에 정이 깊은 사람들이 주위에 많았다는 것은 정말 다행스러운 일이었지만, 한편으로는 무척 가혹한 일이기도 했답니다.

눈에 미미하지만 장애가 있었다는 것도, 어머니가 건강을 잃은 후 고령 출산으로 태어난 아이였다는 것도 감수성이 풍부했던 제게는 힘겨운 일이었죠. 어머니는 애정이 많고 명랑한 분이었지만 체력이 약해 저를 낳고서는 거의 아이를 키울 수 없는 상태였습니다.

그런 환경에서 살아남은 탓인지, 제게는 아주 뻔뻔한 면과 섬세한 면이 기묘하게 동거하고 있습니다. 그리고 안하무인 같은 부분과 사람의 안색을 빨리 눈치채는 부분도 묘한 비율로 동시에 존재하고 있죠.

그것은 어린 시절 서바이벌에 관련된 특유의 성격으로 예나 지금이나 변함없습니다.

인간은 어렸을 때부터 사실 그렇게 변하지 않는 법이에요. 그래서 인생이란 멋진 것이기도 하지만요!

어른이 된 후에는 어린 시절을 되찾아 자신의 본디 모

습으로 돌아가는 것이 가장 중요합니다.

일단 어른이 되고 나면, 모든 상황에서 가장 필요한 것이 바로 어린 시절의 감각이죠. 인생을 헤쳐 나가기 위한 길잡이는 그것밖에 없습니다. 나이가 몇 살이든 직업이 무엇이든 그건 다르지 않아요.

다만 어린 시절에 체험한 일의 가치와 자신이 원래부터 갖고 있던 것의 중요함은 어른이 되지 않고는 그 의미를 알 수 없으니, 인생이란 참 절묘한 것 같습니다.

지금 생각하면, 중학생 시절의 저는 일종의 우울증 상태가 아니었나 싶어요.

어머니를 대신해 저를 보살펴 주던 언니가 교토에 있는 대학으로 진학하는 바람에 집을 떠난 것이 발단이었죠.

언니가 집을 떠나기 전 날, 엉엉 울면서 같이 잤던 기억이 납니다. 언니로서야 자유를 향한 즐거운 여행이겠지만, 제게는 보호자를 잃는 것이나 다름없는 끔찍한 상황이었어요.

저와 마찬가지로 언니에게 무척 의지했던 어머니는 외로운 나머지 점차 마음을 닫아 갔습니다.

그러나 아버지는 자식이 드디어 자립할 나이가 된 덕분에 일에 몰두할 수 있게 되었죠.

언니는 지금까지와 달리 저와 공유할 수 없는 자기만의 친구를 만들어 자기만의 세계를 즐기기 시작했습니다. 저는 우울하고 외로운데 언니는 즐겁게 지낸다는 사실도 어린 저로서는 받아들이기 힘들었어요.

지금 같으면 축복하고 마음껏 응원해 줄 수 있을 텐데, 하고 안타깝게 생각합니다.

그런데다 날마다 같이 놀았던 친한 친구가 초등학교 4학년 때 반이 바뀌면서 다른 친구들과 어울리기 시작했어요.

그 시기의 저는, 태어나서 처음으로 정말 외로운 상태였습니다.

그때까지는 학교에서 기분 나쁜 일이 있어도 집에 돌아오면 언니가 있어서, 같이 간식도 먹고 산책도 하고 언니가 즐겨 듣는 심야의 라디오 프로그램을 들으면서 편히 잠드는, 그런 일들이 저를 치유해 주었거든요. 그런데 그 모든 것이 없어진 어두운 방에 갑자기 홀로 남겨진 것이었죠.

하지만 그 외로움에는 역시 의미가 있었습니다. 그 외

로움을 경험했기에, 그 후 어른이 될 수 있었다고 생각합니다.

괴롭고 힘겨운 일은 자신의 깊은 곳까지 뒤틀어 놓기도 하고 또 그 당시에는 정말 괴롭기도 하지만 나중에는 반드시 어떤 토대가 되기 마련입니다. 그렇게 생각하며 견디는 수밖에 없죠. 긍정적인 사고로도 맞설 수 없고, 없는 일로 해 버릴 수도 없습니다. 비참하고 하찮은 자신과 마주하고 보내는 모래를 씹는 듯한 나날은 인생에서는 어쩌면 필수 과목일 테니까요.

하지만 저 역시 그때는 아직 어른이 아니었습니다.

그저 외로움에 허우적거리는, 숨조차 제대로 쉴 수 없는 상태였어요.

그런데도 어떻게든 친구를 만들어 하루하루를 헤쳐 나갔습니다. 상당한 에너지를 필요로 하는 나날이었죠. 그래서 온갖 것들이 귀찮아지고, 모든 일에 수동적으로 변하고 말았어요. 스스로 생각하고 행동하기는커녕, 눈앞에 있는 일을 간신히 해 나가기도 힘에 부쳤는지 모르겠군요.

저는 그 당시 어머니 친구분에게 영어를 배우고 있었는데, 집에서 먼 곳까지 가야 해서 참 힘들었답니다. 매주 센다기에서 무사시코가네이까지 한 시간이나 걸려 오가곤 했어요.

친구들과 놀고 싶은 토요일 저녁 때, 혼자서 무사시코가네이까지 가서는 두 시간이나 영어를 배우고 밤에 혼자 돌아오는 길이 정말 힘들었습니다. 그렇다고 그만두겠다고 할 수는 없어, 그저 터덜터덜 왔다 갔다 했죠.

지금의 저라면 도중에 차를 마시거나 뭔가 사 먹기도 하고, 책방에 들를 구실도 만들면서 여러 가지로 재밋거리를 찾았겠지만, 그 무렵의 제게는 그럴 여유가 없었습니다.

　기본적으로 우울한 상태였으니 움직이는 것도 싫었고, 잠이 쏟아져 참을 수가 없었죠.

　더는 어떻게 할 수 없이 힘들어서 어느 날 간식을 먹은 후 저는 그만 잠이 들고 말았습니다.

　어머니 친구는 화를 버럭 내면서, 그렇게 자고 있으면 공부를 할 수 없으니까 집으로 돌아가라고 하더군요. 화를 내는 것은 이해가 갔지만, 제 마음은 살려 달라고 비명을 지르고 있었어요.

　나는 이렇게 힘든데, 대체 왜 화를 내는 거야, 하는 생각이 들었죠.

　하지만 어머니 친구 입장에서는, 공부를 시키기 위해서 갖가지 준비를 했는데 학생이 졸고 있으니 화가 나는 것도 당연한 일입니다.

만약 그때 제가 어른이었다면 '할 일도 굉장히 많은 데다가, 이렇게 먼 곳까지 다니다 보면 공부할 준비가 안 된 날도 있고, 몸이 안 좋은 날도 있잖아요. 그런 때는 전날 미리 연락드리고 쉬겠다고 할게요. 오늘은 정말 죄송합니다.' 그렇게 설명했겠죠.

하지만 너무 어려서 어떻게 설명하면 좋을지 몰랐고, 그 방법을 미리 가르쳐 준 사람도 주위에 없었기 때문에 아무 말도 못했습니다.

겨우겨우 눈을 뜨고 그날 공부를 마친 후, 상처를 잔뜩 받은 채로 집에 돌아왔어요. 그런 심정에 젖을 권리조차 없었을지도 모르지만요. 어머니 친구에게 어리광을 부렸던 만큼 이해해 주지 않은 것이 서러웠던 것이겠죠.

이렇게 자의적이고 제멋대로인 상태가 그야말로 사춘기입니다.

부모나 주위 사람들은 마음을 열고 무엇 때문에 상처를 입었는지 말해 주면 되는 일인데, 하고 생각하죠.

하지만 본인에게 그것은 가장 하고 싶지 않은 얘기입니다. 그 말을 해 버리면 자신이 끝난다고 느낄 만큼 무거운 얘기예요.

주위 사람들과 자신이 느끼는 방식에 차이가 있다는 점도 사춘기의 특징일지 모르겠군요.

사춘기에 들어서기 전에는 부모의 몸이 자신의 몸 연장선에 있어요. 그런데 사춘기가 되면 달라집니다. 갑자기 불안해지고, 그러면서도 어린 시절로는 돌아가고 싶어 하지 않죠.

그렇게 마냥 우울한 나날을 지내다 보니, 몸 상태마저 나빠졌습니다. 건강 검진에서 신장 기능이 좋지 않다는 결과가 나와서 재검에 걸려 버렸어요. 혈뇨가 약간 나오

어른이 된다는 건

기도 했습니다. 지금 저는, 그때 제 마음의 절규를 몸이 대신 말해 주었다고 생각해요.

의사란 시대를 막론하고 참 겁을 많이 주는 사람들이죠. 이대로 가면 투석을 해야 한다느니, 염분을 섭취하면 안 된다느니. 그런 겁나는 얘기만 잔뜩 들은 탓에 저는 한층 더 우울해지고 말았습니다.

마지막 검사 날, 그날은 아침에 마음속에서부터 발버둥을 쳤습니다. 학교에 가면 그런대로 즐겁게 보낼 수 있는데, 병원에 가서 물을 1리터나 마셔야 하는 것도 모자라 아픈 링거 주사도 맞아야 하고 채혈도 해야 하니 그럴 수밖에 없었죠.

그때 신타니라는 친구도 재검에 걸렸어요. 사이좋게 검사를 받고 링거 주사를 맞을 때까지는 좋았지만 신타니 쪽은 상태가 좀 심해서 검사 방법이 달랐기 때문에 결국은 저 혼자 남았습니다.

하지만 아직 어린 중학생이었기 때문에 아버지와 늘 다니는 병원에서 간호부장으로 일했던, 친척이나 다름없는 할머니가 같이 와 주었는데, 그 두 사람에게도 아마 퉁명스럽게 대하지 않았을까 싶네요.

중학생이나 되었는데 병원쯤 혼자 갔어야지.

지금은 그렇게 생각하지만, 그런 면에서 아버지는 무척 자상한 사람이었습니다. 그 할머니 역시 병원에 가는 건데, 하면서 기꺼이 동행해 주었죠. 얼마나 고마운 일이었는지 모르겠다고, 지금은 감사하고 또 감사해도 모자랄 정도입니다.

자기 생각으로 머리가 꽉 차서 고마워할 줄 모르는 것도 어린 나날의 특징일 거예요.

검사는 점심때가 다 되어서야 끝났어요. 저는 정말 녹

초가 되었어요. 메밀국수라도 먹고 집에 가자기에, 병원 건너편에 있는 유명한 메밀국수 가게에 갔습니다.

그때, 병원 문 앞에서 불쑥 깨달았습니다.

나만 그랬던 게 아니야. 같이 와 준 이 두 사람도 자기가 하고 싶은 일을 할 수 있는 하루였어.

그런데 나를 위해 복도에서 줄곧 기다리고, 같이 결과를 들어주고, 그러느라 내내 서 있었잖아. 난 같이 와 주는 걸 당연하다고 여겼는데 그게 아니었어. 나를 생각해서 같이 와 주었다는 거, 정말 소중한 일이네.

정말 한꺼번에, 고스란히 이해할 수 있었어요.

아버지는 부모니까 어쩔 수 없다 쳐도, 그 할머니는 이바라키에서 일부러 찾아왔던 거였어요.

말로써가 아니라, 그 전부를 그냥 단번에 느낄 수가 있었습니다.

나만 그랬던 게 아니야. 같이 와 준
이 두 사람도 자기가 하고 싶은 일을 할 수 있는 하루였어.

그리고 할머니의 짐을 얼른 제 손에 받아들었죠. 얼마나 무겁던지. 이런 짐까지 들고 계속 기다렸다니, 하고 새삼스럽게 생각했어요. 그리고 이렇게 말했습니다.

"오늘은 정말 감사합니다. 국숫집까지라도 제가 들고 갈게요."

그때, 깜짝 놀란 듯했던 아버지 표정을 잊을 수가 없네요. 아버지에게도 고맙다고 말할 수 있을 만큼은 어른이 아니었지만, 마음만은 있었습니다. 속으로, 아버지도 정말 고마워, 하고 속삭였습니다.

그리고 다 같이 메밀국수를 먹을 때는 검사를 받으면서 짜증스러웠던 기분도 몸이 안 좋다는 사실도 다 잊고 있다는 걸 깨달았어요.

올바르게 행동하면 마음의 응어리가 없어지는구나, 그렇게 느꼈습니다.

그때가 바로 제가 어른이 된 순간이었습니다.

진정한 의미에서 처음으로 타인을 배려한 순간이었고, 부끄럽고 꼴사납고 귀찮다는 감정을 제쳐 놓고 행동하면서 내게 주어진 환경의 윤택함을 객관적으로 볼 수 있었던 때였습니다.

내친 김에 한마디 더, 그 메밀국수 가게는 지금도 그 자리에 있습니다.

아버지가 돌아가실 때, 같은 병원에 입원했기 때문에 그 가게에 몇 번인가 가게 되었죠. 아르바이트 삼아 늘 운전을 해 주는 친구와 함께였습니다. 저는 운전을 해 주는

　　　　　　　어른이 된다는 건

친구에게도 몇 번이나 고맙다는 말을 할 수 있었고, 아버지에게도 고마웠다는 말을 여러 번 전했습니다.

설마, 아버지가 돌아가실 때까지 그 메밀국수 가게가 남아 주리라고는 생각지 못했으니까요. 또 그렇게 슬픈 마음으로 그 맛있는 메밀국수를 먹으러 가게 되는 날이 올 줄은 꿈에도 몰랐죠.

그 가게에 가는 것은 어린 시절부터 언제나 아버지 어머니와 함께 누군가를 문병하러 하는 때였으니까요.

이제 아버지와 어머니가 메밀국수를 먹으러 이 집에 오는 일은 영원히 없겠네, 그렇게 말로 해 버리고 나면 슬퍼서 견딜 수가 없을 테니까, 아무 생각도 하지 않기로 했습니다.

그럴 수 있었던 것은 제가 어른이 되었기 때문이겠죠.

어쩌면 어렸을 때처럼 엉엉 울면서 떼를 부리고 싶었겠

지만, 그 마음은 내면에 꾹 억누르고 있었습니다.

하지만 저는 이렇게 생각해요.

가장 중요한 것은, 자신의 내면에서 엉엉 우는 어린아이를 인정하는 것이라고요. 애써서 거기에 없다고 여기지 않는 것이라고요. 그러면 마음속에 공간이 생겨, 자신을 든든하게 붙잡아 주거든요.

나이를 얼마나 먹든 그건 마찬가지라고 생각해요.

즉 어른이 된다는 것은 어린아이인 자신을 살갑게 보듬고 어른으로 살아가는 것이죠.

다른 얘기를 하나 할게요.

어른이 되면 모두들 '어린 시절로 돌아가고 싶어.'라고 말합니다.

왜일까요? 어린 시절에는 자기가 책임 지고 무언가를 하지 않아도 되기 때문이겠지요.

어른이 되면 어떤 일에든 책임과 위험 부담이 따르니, 그 무게 때문에 피곤하고 지쳐 버리곤 하죠.

하지만 모두가 말하는 '어린 시절'이란, 어린아이만이 가질 수 있는 에너지와 풍요로운 공간 아닐까요.

어른이 되면 많은 것들이 이미 익숙한 듯한 기분이 들고, 멍하게 지내는 시간이 줄어들어요.

저는 수업 중에 멍하니 창밖을 보거나 자는 일이 많았는데, 그 시간이 만들어 준 머릿속의 풍요로운 공간을 지금도 똑똑하게 떠올릴 수 있습니다. 좋지 않은 태도로 쓸데없이 시간을 보낸 듯하지만, 의미는 있었던 것이죠. 해야 할 일이 많은 어른의 생활 속에서 그런 에너지를 되찾기란 쉽지 않은 일입니다. 여행을 떠나 눈에 보이는 경치라도 바뀌지 않는 한, 눈앞에 있는 것은 자신이 책임져야 할 공간뿐이니까요.

어린아이 같은 풍부한 에너지로 어른의 자유로운 결단을 내릴 수 있다면…… 저도 그럴 수 있기를 늘 바라고 있답니다.

어른이 된다는 건

두 번째 질문

공부는

꽉

해야

될까?

?

저는 어느 시기부터, 학교에 가서도 제가 하고 싶은 일
만 하게 되었습니다.

대충 고등학생 때 아니었나 싶네요.

그렇다고 학교를 그만둘 수는 없으니까, 어슬렁어슬렁
교실에 들어가 잠을 자거나, 소설을 쓰거나, 수업 내용을
조금 끄적이거나, 책을 읽거나, 편지를 쓰거나, 그렇게 제

멋대로 시간을 보냈죠.

이렇게 쓰면 혼자서 재미있게 지낸 것처럼 보이겠지만, 학교 선생님 입장에서는 조용히 다른 짓을 하고 있을 뿐이라 주의를 주기도 껄끄럽고 참 불편한 존재였을 것 같아요. 몇 번이나 혼이 나기도 하고, 선생님의 꾸중에 울기도 하고, 맞은 적도 있었어요.

하지만 저는 그게 한계였다고 생각합니다. 싫은데도 어쩔 수 없이 책상에 묶여 무의미한 시간을 보내기에는 너무 어른이 되고 말았던 거죠.

저는 작가가 되겠노라 마음을 굳혔습니다.

작가가 될 테니까, 작가가 되기 위한 공부에 시간을 쓰고 싶었죠.

그것이 저의 공부였습니다. 그런 의미에서 보면 사람은 언제나 공부를 하지 않으면 살아갈 수 없다는 생각도 드

어른이 된다는 건

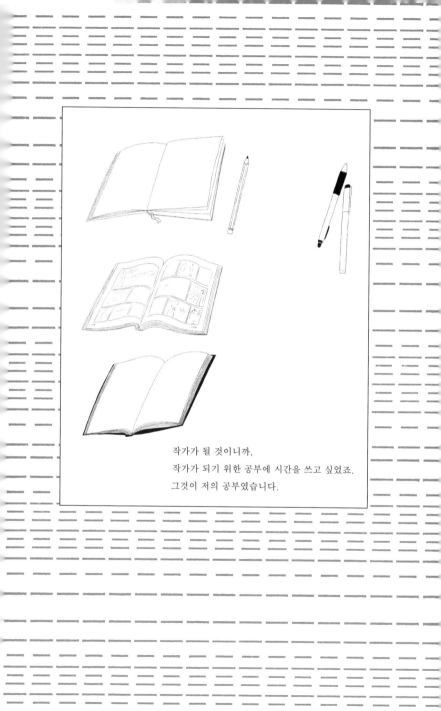

작가가 될 것이니까,
작가가 되기 위한 공부에 시간을 쓰고 싶었죠.
그것이 저의 공부였습니다.

네요. 아무것도 배우고 있지 않으면 인생이 따분해지지 않을까요? 이 세상에는 따분함을 달래기 위한 재밌거리도 참 많은데, 그것을 찾는 과정에서도 역시 배움을 얻지 않을까 합니다. 뭐가 되었든 자신이 하고 싶은 것을 알고 찾아내는 것이 바로 공부인 거죠.

이렇게 말하면 선생님들은 모두 "말이 그렇지, 될 수 있을지 없을지 모르는데 공부는 해 두는 편이 좋지."라고 하거나 "고등학교 학력 수준도 못 맞추고 작가 같은 힘든 일을 어떻게 하겠니."라고 몇 번이나 주장하곤 했죠.

지금은 뻔뻔한 아줌마가 되었기 때문인지, 자기 의견을 좀 더 얘기할 수 있게 되었기 때문인지, 이유는 전혀 모르겠지만 저는 인간이란 그렇게 재주가 좋거나 여러 가지 일을 할 수 있는 존재가 아니라고 생각합니다. 그렇지 않아도 괜찮지 않을까, 하는 것이죠.

어른이 된다는 건

한 단계씩 허들을 높여 가면 익숙해지기도 하고 또 할 수 있게 되는 일은 물론 있을 거예요.

그렇게 해서 믿기지 않으리만큼 많은 일을 할 수도 있으니까 학교 공부를 하면서 작가가 되는 것도 전혀 불가능하지는 않습니다. 실제로, 아슬아슬하기는 했지만 고등학교도 대학도 일단 졸업은 했으니, 어떻게든 허들을 넘은 셈이죠.

하지만 저의 열정은 날로 뜨거워져 더는 억누를 수 없는 정도였습니다.

똑같은 수업을 받고 똑같은 생활을 하면서 취업에 매진할 생각이 조금도 없었기 때문에 그 시간을 저 나름대로 지내는 식으로밖에는 저항할 길이 없었죠.

정말 죄송스러운 구실이고 또 지나친 말이라는 건 알지만, 제 관심을 끄는 내용으로 수업하는 선생님은 거의 없었습니다. 간혹 그런 수업이 있기도 했죠. 이름을 밝힐 수는 없어 구체적으로 쓰지 못하겠으나 과목에 상관없이 넓은 시각으로 가르쳐 주는 선생님의 수업은 아무리 졸려도 즐겁게 들었습니다.

일본 학교는 특히, 자신이 관심을 갖지 못하면 '선생님은 저렇게 열심히 가르치고, 학생들도 모두 얌전히 앉아 듣고 있는데, 나만 이러네. 미안하게.' 하는 생각이 들도록 만들어요.

하지만, 지금 저는 확신합니다. 재미없다는 생각이 들면 더는 어떻게 할 수가 없지. 재미가 없는데 어떻게 하겠어. 그 대신 가슴 설레고 신나는 일이라면, 자는 시간도 아껴 가며 배워야지. 더욱이 자신의 미래에 필요한 공부라면, 재미있게 배울 수 있도록 스스로 궁리를 해야지. 그렇게 말이죠.

어른이 된다는 건

실제로 저는 고등학교에 다닐 때까지는 도스토옙스키도 톨스토이도 나쓰메 소세키도 읽지 않았습니다. 간단한 고전 몇 권 외에는 미스터리와 SF, 만화, 프랑수아즈 사강과 다자이 오사무와 다치하라 마사아키 [본명은 김윤규. 일제 강점기에 일본에 정착하여 작품 활동을 전개한 나오키 상 수상 작가.] 만 줄곧 읽었죠. 그래도 자신이 읽은 것을 일러스트로 그리고 감상문을 쓰는 등, 저 혼자 무언가를 열심히 공부하고 있었습니다.

그런 의미에서, 인생에는 배울 시간이 아주 많습니다. 제 나이 쉰이 되어서야 처음 읽은 고전도 무척 많고, 옛날 영화도 조금씩 보고 있습니다. 공부는 몇 살이 되든 할 수 있죠. 이런 자세는 고등학교 수업 때 혼자 멍하게 지낸 태도와 조금도 다르지 않다고 생각해요.

뭐야, 그래도 괜찮았던 거잖아, 하고 지금에야 자신을 긍정할 수 있게 되었네요.

본디 인간이란 구분된 시간에 따라 어떤 공부를 할 수 있는 존재도 아니고 쉬는 시간 10분 후에 바로 다른 것을 할 수 있는 존재도 아니라고 생각합니다. 학교는 사회에 순응하기 위해 훈련의 시간을 보내는 곳이죠.

그러니 졸업장이 필요해서나, 이런 이런 공부가 하고 싶어서 이 학교에 들어왔지만 그다음은 어떻게든 되겠지 하는 경우에는, 시간을 다양하게 사용할 수 있는 방법을 생각하는 것도 좋을 거예요. 혹은 생각지도 못한 공부에 푹 빠져 보는 것도 좋고, 쉬운 것만 찾다가 나중에 큰코다쳐 보는 것도 나쁘지 않고, 아무튼 너무 치열하게 생각지 않는 것이 좋지 않을까 합니다.

저는 고등학교에 다닐 때쯤부터, 앞에서도 썼지만 그만 들어도 상관없는 수업을 억지로 듣고, 싫어서 견딜 수가 없는데 책상에 묶여 있었던 트라우마 때문에 지금도 오랜 시간 한 장소에 앉아 있지 못합니다. 좋아하는 콘서트나 세미나에서도, 그 시절이 떠오르면 소름이 좍 끼치곤 합니다. 정말 싫었던 거겠죠.

회사에 다니는 친구와 간혹 여행을 하는데요. 돌아가는 날 저녁때쯤, 울음이 터지겠다 싶을 정도로 기운을 잃은 친구 모습을 보면, 늘 여름방학 끄트머리에 헤어질 때 울상을 지었던 사촌 생각이 납니다.

'자유업 = 자유로움'은 아니라서, 무수한 제약이 있는 반면 보장은 아무것도 없죠. 제 일은 정말 힘겨운 일이지만 그런 때만은 아아, 일상에서 이 고통스러운 기분을 느끼지 않아도 되니 얼마나 멋진지 모르겠네, 하고 생각합니다.

우리 아이는 지금 자유 학교에 다니고 있습니다. 학력이 전혀 인정되지 않아 훗날이 걱정스럽지만, 일요일 밤에 "내일 학교 가는 거, 진짜 기대된다! 쉬는 날도 재미있고 학교에 가면 친구들을 만날 수 있으니까 또 재미있고, 정말 행복해."라고 얘기합니다. 저 자신과 비교하면서, 나중에 어떤 고생을 하든 한 번밖에 없는 어린 시절에 이런 말을 할 수 있다면 그것으로 충분하다고 생각하곤 합니다.

얼마 전에도 회사에 다니는 친구들과 여행을 다녀왔는데, 왠지 저까지 월요일이 아득해지는 우울한 기분으로 돌아와 현관문을 열었어요. 그런데 아이가 아이패드로 '사람이 죽은 집 일람 사이트'를 보면서 깔깔 웃고 있어서, 그 자유로움에 그만 말을 잃고 말았죠.

사람에 따라서는 이렇게 아이를 키우는 저를 비판할 수도 있고, 우리 아이 역시 훗날 '어린아이에게 자유 같은 거 주지 말았어야 했어.' 하고 말하게 될지도 모르지만,

어른이 된다는 건

그 웃는 얼굴을 보면 지금은 이래도 괜찮다, 천천히 자라 주렴, 몇 번이든 다시 시작할 수 있으니까 인생은 즐거운 것이라고 생각해 주렴, 하고 마음속으로 얘기합니다.

즐거움 속의 힘겨움(스스로 결정한다, 아침에 일찍 일어나야 하는 날이 있다, 나보다 나이가 많은 친구들과 놀아야 하니까 뒤처지지 않도록 해야 한다, 등등)에 대해서는 수고를 마다하지 않는 것 같으니까, 아무쪼록 그대로 자라 주기 만을 바랄 뿐입니다.

그리고 이 글을 읽는 여러분이 조금이라도 '내 인생은 나의 것, 자유로운 시간은 한정되어 있지만 그 시간만큼은 자유롭게 행동하고 싶다.' 하고 생각해 준다면 더없이 기쁠 것 같아요.

친구란

뭘까?

?

    오랜 시간을 함께해 온 탓에 서로가 서로의 체취와 짜증 나는 면까지 속속들이 아는 몸의 언어와, 정신적으로 같은 가치관을 공유하고 있는 정신의 언어, 양쪽을 다 갖추고 있지 않으면 친구라 할 수 없다고 저는 생각합니다.

    그런 친구와는 달리, 어느 한쪽만 공유한 '옛날 친구'

'사이좋은 지인' '특정한 어떤 일에 관한 동료' 등의 관계
도 물론 있겠죠.

'작가 동료'는 그야말로 마지막에 해당해서 서로의 작
품을 읽으면 피차 깊은 곳까지 이해할 수 있으니 자주 만
나지 않아도 상관없습니다. 만나지 않아도 어떤 친구보다
깊이 서로를 이해하곤 하죠. 같은 업종에서 일하는 사람
끼리는 정도 차이는 있어도 다 그렇지 않을까요.

정말 친구라고 할 수 있는 관계가 되려면 긴 시간이 걸
립니다.

따라서 사는 동안 그렇게 많은 친구를 만들 수는 없죠.

연애로 바꿔 생각하면 아주 쉽게 이해가 될 거예요.

하루가 멀다 하고 만나면서 자연스럽게 섹스를 하는 사이라고 하더라도 서로가 '당신이 정말 좋아요, 연인이라고 불러도 될까요?' 하는 약속을 나누지 않으면 연인이라고 할 수 없잖아요.

마찬가지로, 친구란 오랜 시간을 함께 하면서 다퉜다가 화해를 하기도 하고, 또는 서로의 마땅치 않은 면을 눈감아 주기도 하고…… 그런 반복이 계속된 후에 서로가 '우리는 친구잖아, 무슨 일 있으면 말해, 도와 줄게. 시간을 좀 뺏기는 한이 있어도, 불편을 겪는 한이 있어도.' 하고 말할 수 있고, 친구 사이임이 타인에게 알려져도 무방한, 그런 관계라고 생각합니다.

또, 다른 사람이 당신 험담을 할 때 반드시 당신을 감싸주는, 그런 것도 친구의 중요한 요소일 거예요.

그리고 당신이 대부분의 사람들은 말하지 않는 독특한 의견을 내놓았을 때, 가령 동감은 못 하더라도 들어주고, 그런 다음에 '그 의견, 동감은 못 하지만 그렇게 말하는 너를 이해할 수는 있어.' 하고 분명하게 말해 주는 경우도 친구라고 생각합니다.

나는 혼자라도 괜찮아, 하지만 친구가 있어 주면 인생이 훨씬 더 즐겁겠지.

그렇게 생각할 수 있는 삶의 방식이 이상적이라고 생각해요.

마지막으로, 서로를 딱히 친구라고 여기지도 않았고 같은 교실 근처 자리에 있으면서 대화는 별로 나누지 않았지만 서로를 마음속 깊이 생각하다가 졸업했다거나, 어른이 되어 직장에서 어떤 주장을 했는데, 의견이 같았던 다른 부서 사람이 그만두었을 때, 나중에야 비로소 아,

그 사람에게 도움을 받았네, 하고 새삼스레 떠올리게 되는 경우도 있죠. 그런 풍요로운 형태의 인간관계도 이 세상에는 존재합니다.

굳이 친구를 찾지 않더라도 그런 인간관계에서 도움을 얻는, 여유 있는 마음을 지닌 자신이면 좋겠다고 생각합니다. 또 가까이 있지 않더라도 누군가에게 그런 존재일 수 있기를 바랍니다.

?

나이를 먹어 가면서 다양한 체험을 했는데요.

어느 한 시기, 거의 매일을 함께 한 친구가 있었어요.

일을 할 때도, 아이를 키울 때도 많은 도움을 받았죠.

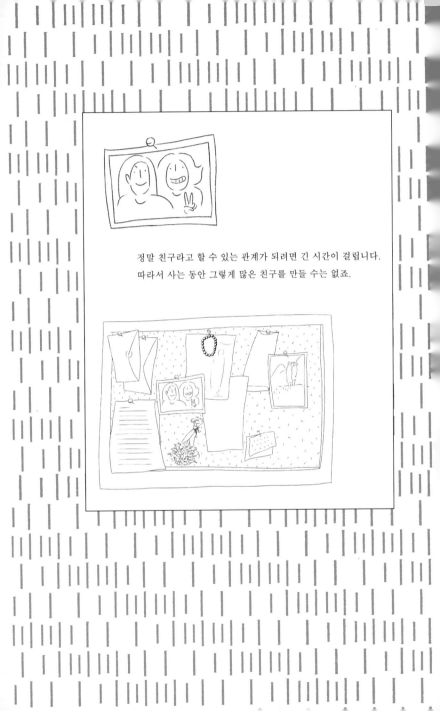

정말 친구라고 할 수 있는 관계가 되려면 긴 시간이 걸립니다.
따라서 사는 동안 그렇게 많은 친구를 만들 수는 없죠.

그런데 어느 때부터 어쩌다 만나는 일조차 없어지고 말았습니다.

물론 계기는 있었어요. 그 친구에게 결혼할 사람이 생겼는데, 그도 일 때문에 바쁜 사람이라 그녀에게 도움을 받고 싶어 했죠. 그래서 우리 집에서 많은 시간을 보낼 수 없게 되었어요.

조금은 서운해하면서도 행복하게 떠났으니까 됐지 뭐, 하고 생각했습니다.

그런데 왜 이렇지? 간혹 생각합니다. 그녀와 저는 진정한 우정을 나누는 친구로 알고 지냈는데, 전혀 만나지 않아도 괜찮다는 기분입니다.

내가 생각해도 정말 신기한 일이었죠.

그녀의 모습을 보지 않으면 허전해서 견딜 수 없었고, 무슨 일이 생기면 그녀에게 얘기하고 싶어 안절부절못했는데, 지금은 그런 기분이 일지 않습니다.

어쩌면 나무에 열린 열매가 무르익어 저절로 떨어지듯, 우리의 우정도 싹이 튼 때부터 세월을 거듭하다 저절로 끝났는지도 모르겠네, 그렇게 생각합니다. 아니면 매일처럼 너무 같이 있었는지도 모르겠군요.

만약 우리의 우정이 끝나지 않았다면 지금도 우리는 만나 술을 마시고, 가끔은 억지로라도 시간을 내서 만났을 테죠. 만나고 싶어 안달하면서 말이에요. 그러지 않는 것이 조금 서운하기는 해요.

그런데 무슨 계기가 있어 그 친구를 만나면, 마음은 딱히 움직이지 않는데 마치 어제까지 같이 있었던 것 같은 기분이 듭니다. 딱 맞아떨어지는 호흡으로 차를 끓이기도 하고, 얘기도 나누고, 때로 조용히 있기도 하고, 졸기도 하고. 순간적으로 그 옛날의 패턴이 부활합니다.

이런 것이 몸의 언어가 아닐까요. 몸의 언어를 많이 나누었기에 금방 돌아갈 수 있는 것이죠. 그 사람이 옆에 있음을 체감할 수 있는 것이죠. 가족도 비슷한 점이 있지 않을까 싶군요.

자연스럽게 만나고 끝났기 때문에 그럴 수 있는 것이라고도 생각합니다.

?

또 다른 경우를 얘기해 보죠.

저보다 나이가 좀 많은 소중한 친구가 있는데, 그 친구에게는 무슨 일이든 다 의논을 했죠. 그런데 제가 너무 안 이했나 봅니다. 친구는 어떤 경우에도 흔들림이 없는 사람이라고 믿고 만 것이죠.

언젠가 같은 가게 안에 있던 사람이 친구에게 시비를 걸었는데, 저는 그녀를 제대로 지켜 주지 못했어요. 그 사람이 몹시 취한 상태에서 친구에게 고함을 질렀고 그다음 순간에는 간드러지는 목소리로 제게 인사를 한 터라 깜짝 놀라 그만 어안이 벙벙해지고 말았습니다.

그때 상처를 받은 그녀는 제게 아주 조금이지만 불신 감을 갖게 되었고, 거기에 이해관계가 있는 다른 사람까지 끼어들어 저와 친구로 지내는 것은 별로 좋지 않다는 말을 한 것 같았어요.

결국 우리 사이는 어긋나 완전히 헤어지고 말았죠.

몇 번인가 그녀에게 화해를 청했어요. 그러나 표면적으로는 별문제가 없었지만 화해에 이르지는 못했죠.

그런데 어느 때, 생각지도 못하게 오해가 풀렸습니다.

어른이 된다는 건

저에 대해 여러 가지로 쑥덕거렸던 사람이 어떤 이유로 그녀를 떠났고, 그래서 냉정을 되찾은 친구가 문득 저에 관한 모든 일이 오해가 아니었을까, 하고 깨달은 거예요.

오랜만에 만나 저녁을 먹으러 간 친구의 단골 가게에서 그녀는 "이 사람, 오래전부터 친하게 지내는 소중한 친구예요."라고 말했습니다. 저는 너무 기뻐서 그만 눈물을 흘리고 말았어요.

그 후에도 만나면 언제든 재미있게 지내고 있습니다.

이 두 가지 경우 중 한쪽은 왜 계속되지 못했고, 한 쪽은 왜 계속되었을까? 하고 신기하게 생각합니다. 물론 성격의 차이에서 비롯된다는 것은 알고 있지만, 짐작이 가는 다른 이유도 있답니다.

첫 번째 경우의 친구와는 오랜 시간을 함께했던 만큼 많은 것을 같이 체험했고, 많은 얘기도 나누었지만 '이렇게 살고 싶다.'라든가 '이런 존재이고 싶다.' 하는 가치관에 대한 얘기는 그다지 한 적이 없다 싶습니다.

두 번째 경우의 친구는 그런 얘기를 주로 나누었죠. 시대에 관한 얘기, 그 안에서 어떻게 살아가면 좋을까 하는 얘기. 전혀 타입이 다른 두 사람이었지만, 화제가 끊이는 일은 없었어요.

어쩌면 이렇게 서로를 격려하는 것에야말로 우정의 중요한 요소가 많이 담겨 있는지도 모르겠네, 하고 지금은 생각합니다.

이렇게 인생에는 다양한 형태의 우정이 있습니다. 틀에 얽매이지 않고 어느 쪽이든 경험해 보고 소중히 여긴다면 인생이 보다 풍요롭게 채색되지 않을까요?

네 번째 질문

똑같다는 건

뭘까?

?

　지나치게 평범하지 않은 것에는 뭔지 모를 위화감을 느끼게 마련이죠.

　아주 미미하더라도 그런 감정을 느꼈다면, 다음에 또 그런 감정을 느꼈을 때 내면에서 보다 분명한 형태를 띠게 됩니다. 다른 사람은 아무렇지 않은데 왜 나만 즐겁지 않을까, 다들 좋아하는 사람인데 왜 나는 좋아할 수 없을까. 그런 일은 언제나 흔히 일어나죠.

다른 사람의 반응이나 생각이 나와 다른 경우, 그 안에는 여러분이 살아가는 데 아주 중요한 정보가 담겨 있다고 저는 생각해요.

예를 들어서, 뉴스에서 자주 보는 살인자가 요즘은 아주 평범한 모습을 하고 있습니다. 조금 전까지 서점에서 나란히 서서 책을 읽었던 사람 같기도 하고, 전철에서 옆자리에 앉았던 사람 같기도 하죠. 대화를 나눠 보면 저나 여러분이나 그 사람에게서 어딘가 모를 불편함이나 위화감을 느끼겠지만, 겉모습은 마냥 평범합니다.

현대는 그렇게 평범함의 장점마저 잃어버린 시대가 아닌가 싶어요. 어디까지나 제 추측인데요, 그런 사람들은 평범한 자신을 어떻게든 그렇지 않다고, 이런 건 평범한 게 아니라고 말하고 싶었던 게 아닐까요.

어른이 된다는 건

다른 사람은 아무렇지 않은데 왜 나만 즐겁지 않을까.
다들 좋아하는 사람인데 왜 나는 좋아할 수 없을까.

그렇기에 더욱이 자기가 무엇을 어떻게 느끼는지 그 감각이 중요해지는 것이죠. 감각은 사건이나 사물의 이면에 있는 무언가를 보게 합니다.

또 자신의 감각을 정말 믿을 수 있다면, 남들이 비난하거나 이상하게 여기지 않을 정도의 '평범한 척'을 할 수 있겠죠. 다른 사람에 대한 일종의 배려로 말이에요. 그러다 여차해서 더는 물러설 수 없는 선이 생기면 분명하게 말할 수 있게 되고요.

한편, 모두와 똑같이 행동한다고 해서 무슨 좋은 일이 생기는 것은 절대 아닙니다. 애써 평범하게 군다고 누가 여러분이 간절히 원하는 것을 주는 것도 아니고 먹여 살려 주는 일도 없죠.

저는 그 사람의 모든 것은 인상에 나타난다고 생각합니다.(물론 보는 쪽이 정확하게 볼 수 있는 능력을 지니고 있는 경우에.)

그러니 인상으로 사람을 판단할 수 있는 능력을 갈고 닦는 것도 중요합니다.

저는 어렸을 때부터, 어린 시절에 영화나 책을 통해 본 캘리포니아 사람들 같은 옷차림을 좋아했는데요. 지금은 유행하기도 하니까 조금은 늘어났지만, 옛날에는 그런 차림새를 한 사람이 거의 없었어요. 그래서 거리를 걷다 보면 늘 튀었죠. 딱히 이상한 옷을 입고 있는 것은 아니고, 조금 다를 뿐이었습니다. 그런데 그 조금이 사람을 튀게 만드는 법이니까요.

그래서, 처음 알았어요.

캘리포니아에 가면 정말 평범한 보통 차림새인데, 일본에서는 좀 색다른 차림이 되고 만다는 것을요. 그 정도로 모두가 똑같아지고 싶어 한다고, 그것이 일본 사람의 특징이라고 말이죠.

하지만 튀거나 정해진 틀에서 삐져나오는 것은 어쩔 수 없는 일이죠. 반대로 말하면, 튀고 삐져나오기 때문에 더욱이 그런 점을 끝까지 관철할 수 있는 것 아닐까요. 비단 차림새뿐만 아니라, 소설가가 된다는 것도 그런 예가 아닐까 합니다.

남과 다르지 않고 튀지 않는 범위 안에서 자기다운 멋을 즐기려는 사람을 저는 조금도 나쁘게 생각지 않습니다. 다만, 어쩔 수 없이 삐져나오고 마는 사람이 있다는 것을 인정하는 사회이기를 바라는 것이죠. 차림새에 비유했는데, 가령 자연스럽게 하고 있는데도 알게 모르게 튀고 마는 부분이 있는 경우, 그것이 타인에게 상처를 주거나 타인을 죽음으로 내몰지 않는 한 인정하고 소중하게 여겼으면 합니다.

가게에 들어서면 저의 묘한 분위기와 진한 인상 때문에 점원들이 겁을 먹곤 하는데요. 젊었을 때는 '내 인상이 좀 이상한 거 아냐?' 하고 생각했을 정도였어요. 돌아가신 아버지도 종종 이런 말을 했답니다.

"정체를 알 수 없는 네 분위기가 상대에게 겁을 주는 게지."

지금도 그런 눈으로 보는 사람들이 있는데, 그런 때 제 직업을 말하면 상대는 안심하고 다가옵니다. 사람은 잘 모르는 것을 두려워하는 법이니까요. 그러니 평범한 것에 안심하는 것이겠죠.

그래도, 마지막으로 한 가지 더.

아무리 정체를 알 수 없어도, 무슨 일을 하는 사람인지 알 수 없어 기분이 영 찝찝하더라도, 직업이 뭔지 말해 주지 않더라도, 처음 만났을 때부터 열린 마음으로 밝게 대해 주는 사람이 있어요. 그리고 제가 이름을 말하면, 직업이 남다를 거라고는 생각했는데, 하고 말하는 거예요. 그 후의 태도 역시 조금도 달라지지 않았고요. 그런 사람들은 자기 직장에서 반드시 성공을 했고, 행복한 결혼도 하더군요.

따라서 위화감을 느끼고 몸을 지키는 것과 열린 마음을 지니는 것, 언뜻 보기에는 상반되는 이 두 가지를 동시에 마음에 새기면 좋겠어요. 그러면 평범해 보이지만 결코 평범하지 않은 멋진 세계가 여러분 앞에 열릴 거예요.

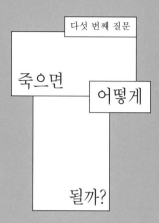

다섯 번째 질문

죽으면   어떻게

될까?

?

죽은 사람은 산 사람 안에 있다.

예전부터 그런 말을 자주 들었죠. 그럴 리 없어, 죽은 사람을 떠올리는 것과 안에 있다는 것은 달라, 하고 생각했습니다.

그러니까 듣기 좋으라고 하는 말로 생각했던 거예요.

그런데 어느 시기부터, 간혹 자신의 눈이 부모의 눈이

되곤 한다는 것을 깨달았습니다.

?

저는 어머니와 사이좋은 딸은 아니었습니다.

물론 어머니를 싫어한 것은 아니었지만 성격이 맞지 않았다고 할까, 아무튼 거리가 있는 관계였어요.

어머니는 언니를 좋아해서 처음부터 끝까지 언니 바보였습니다.

가끔 언니가 외출을 해서(그런 일은 좀처럼 없었죠. 언니가 눈에 안 보이면 어머니가 야단을 떨기 때문에 언니는 언제나 어머니와 함께였습니다. 언니의 그런 점은 참 대단하다고 생각해요. 저 같으면 어떻게 해서든 빠져나갔을 텐데.) 제가 집을 보러 가면 어머니가 3분에 한 번 꼴로 "언니는 어디 있니?" 하고 물어서 참 서운했습니다.

그런데 제가 스스로를 대단하다고 여기는 점은, 그런 때 감정적으로 굴지 않고 '언니가 지금까지 정성을 다해 어머니와의 관계를 만들어 왔으니까, 그리고 나는 언제나 어머니로부터 도망만 쳤으니까, 당연한 일이지 뭐.' 하고 생각할 수 있었다는 것입니다. 속으로는 서운해하면서도 그냥 자연스럽게 그렇게 생각했어요.

어머니의 죽음이 임박했을 때, 상황을 보러 갔더니 어머니가 땀을 흘리며 더워하더군요. 에어컨 온도를 조절해서 방 안을 시원하게 했죠. 여름이어서 무척 더웠어요. 그리고 땀도 닦아 드리고, 물도 마시게 해 드린 후에 당신 몸을 주무르고 있었는데 그때 어머니가 "어떻게든 좀 해 봐." 하고 말했어요.

무슨 일이 있다 싶으면 다른 사람에게 "어떻게든 좀 해
봐." 하고 말하는 사람이었지, 하고 젊은 시절의 어머니를
떠올렸습니다.

어머니는 명랑하고, 솔직하게 어리광을 피워 오히려 사
람의 기운을 북돋아 주는 감이 뛰어난 사람이었습니다.
한껏 애정을 담아 주무르면서 저는 문득 '이 이상은 사랑
할 수 없을 거야.' 하고 생각했습니다. 지금 느끼는, 이 기
분 이상으로는 사랑할 수 없겠어, 이게 나의 한계야. 어머
니를 끌어안고 내 집으로 데려가, 어떻게든 내 손으로 간
병하고 싶다는 생각은 들지 않을 것 같아, 그런 관계가 아
니었으니까. 그런 허탈한 기분이었습니다. 저는 마음속으
로, 엄마, 미안해요, 하고 생각했습니다. 낳아 주셔서 고
마워요, 약한 몸으로나마 한껏 키워 주셔서 감사합니다.
이렇게밖에 할 수 없어서 미안해요.

어른이 된다는 건

어머니가 잠이 들자 저는 제 집으로 돌아갔어요. 얼마 후 언니의 친구가 어머니 집을 찾아 주었고, 그리고 언니도 집에 돌아왔죠. 어머니는 몇 달을 더 사셨습니다.

그 후에도 몇 번 만났지만, 저는 왠지 모르게 그날이 어머니와 작별한 날이 아니었나 싶습니다.

저와 어머니가 확실하게 작별한 그런 날이었다고 말이죠.

실제로 마지막 만난 날은 훨씬 평온했어요.

어머니가 누워 있는 방에는 텔레비전이 켜 있고, 그 방에서 뒹굴거리며 무언가를 읽고 있는 제 아이의 모습을 보니 마치 저의 어린 시절을 보고 있는 듯한 느낌이었습니다. 좋은 시간이네, 하고 생각했던 기억이 나는군요.

마지막이 될 줄은 모른 채 훌쩍 돌아가고 말았지만, 그렇게 끝나기를 다행이었다고 생각합니다.

다음 만났을 때, 어머니는 같은 침대에 누워 있었지만 이미 돌아가신 상태였습니다. 하지만 두 볼이 아직 따뜻해서 그저 잠을 자고 있는 것 같았어요. 정말 단정하고 아름다운 표정으로 돌아가셨네, 하고 새삼스럽게 생각했습니다.

사람은 죽은 지 49일쯤 되어야 하늘로 올라간다고 하는데, 아무래도 사실이 그런 것 같아요.

어느 저녁, 어렴풋 잠이 들었는데 꿈을 꾸었어요.

꿈이라고 할 수 있을지, 꿈과 현실이 뒤섞인 듯한 신비한 경험이었죠.

제가 자고 있는 방 바로 밖 복도를 어머니가 걷고 있었어요.

저는 깜짝 놀라 벌떡 일어나 복도로 나갔죠.

어머니는 돌아가셨을 때보다 조금 젊은 모습으로 성큼

어른이 된다는 건

성큼 걸어갔어요. 그리고 저를 보더니 쌀쌀맞게 "이런 데서 살고 있구나." 하고 말했어요.

저는 알고 있었어요. 정말 울음이 터져 나올 것 같은 때 어머니는 그런 말투로 얘기한다는 것을요.

"2층도 좀 보고 오마."

어머니는 그렇게 말하고 계단을 올라갔습니다.

계단 위는 새하얗게 빛나고 있었고, 어머니는 그 빛 속으로 천천히 사라졌죠.

저는 울면서 "가지 마!" 하고 외쳤어요. 그러자 어머니는 큰 소리로 "또 보자!" 하고 말했습니다.

잠에서 깨어났을 때 저는 울고 있었고, 집 안은 캄캄했어요. 아, 정말 가 버렸네, 하고 생각했어요. 날짜를 세어 보니 대략 49일째더군요.

언니에게 문자를 보냈더니, 알 것 같다는 답신이 왔습

니다.

어머니는 돌아가시기 직전 "오늘은 몸이 좀 안 좋구나, 안경이 잘 안 맞는 것 같아." 하고 말했답니다. 언니가 안경을 끼워 주고, 점심 삼아 토스트를 구워 들고 갔더니, 어머니는 이미 숨을 쉬지 않았다고 해요. 그리고 이날 언니는 그때 냉동고에 넣어 둔 식빵의 마지막 한 조각을 구워 먹었다고 했어요. 감회에 젖어서 말이에요. 이것이 모종의 마무리였나 싶다고, 언니도 그렇게 생각했다고 합니다.

아버지의 경우에도 비슷한 일이 있었어요.

아버지가 돌아가신 지 일주일쯤 되었을 때, 저는 영국

에 있었는데 이상한 꿈을 꾸었죠.

마작의 신 사쿠라이 쇼이치 일본의 전설적인 마작 달인. 씨가 아버지 집을 찾아왔는데, 역시 돌아가셨을 때보다 조금 젊어진 아버지가 벙실거리며 함께 있었어요.

아버지는 먹는 것을 무척 좋아했지만, 돌아가시기 직전에는 앞도 잘 보이지 않고 먹는 것도 여의치 않은 상태였습니다.

아버지가 사쿠라이 씨에게 "앞도 좀 보이고 음식도 넘어갈 것 같은 기분이야." 하고 말했어요.

저는 꿈속에서 '아버지가 죽었기 때문이지…….' 하고 생각했습니다.

그런데 사쿠라이 씨는 "그래요, 지금은 조금 더 먹을 수 있지 않나요?" 하고 말했죠. 정말 친절하고, 무언가를 깨우치는 듯한 말투였어요.

어느 시기부터, 간혹 자신의 눈이
부모의 눈이 되곤 한다는 것을 깨달았습니다.

직관력이 뛰어난 아버지는 퍼뜩 놀란 표정으로 "마호코(저의 원래 이름입니다.) 이분은?" 하고 물었어요.

저는 얼른 사쿠라이 씨가 지금까지 일군 엄청난 업적을 설명하려 했죠.

"이 사람은 마작의 신으로 20년 동안 무패를 기록했을 뿐만 아니라 젊은 사람들에게 여러 가지로 좋은 일을 가르치는 도장을 운영하는……."

그러자 사쿠라이 씨가 제 말을 가로막으며 "아니, 그런 건 다 됐습니다, 바나나 씨. 아버님, 나는 바나나 씨의 친구입니다." 하고 말했습니다.

그때 잠에서 깨어났는데, 자신이 영국에 있다는 사실에 정말 놀랐습니다. 그 정도로 리얼한 꿈이었어요.

그리고 더 엄청난 사실은, 사쿠라이 씨도 같은 꿈을 꾸었다는 거예요.

죽은 사람은 죽은 날로부터 49일 동안은 자신이 죽었다는 것을 인식하지 못하고 그렇게 살았을 때 모습으로 이승에 머물면서, 온갖 곳을 찾아 작별 인사를 하지 않나 싶습니다.

그러니까 그 기간에는 마음껏 울고, 말도 걸고, 고맙다고 말하면 전해질 것이라고 생각해요.

그 후에는 하늘로 올라가, 어쩌다 가끔 이쪽 생각이 났다는 듯이 찾아오겠죠. 시간의 흐름도 이쪽과는 아마 다를 거예요. 그러니 죽으면 어떻게 될까, 죽은 사람은 산 사람을 지켜볼까, 하고 골몰하기보다는 이런 체험 전부를 소중히 여기고 있습니다. 어쩌다 우연히 그 다른 세계와 우리가 사는 세계가 만나는 일이 분명 있지 않을까요.

죽는 것은 정말 두려운 일이지만, 그런 걸 확인할 수 있을까? 생각하면 조금은 기대가 되는 면도 있습니다.

참 오묘하게도, 죽은 사람들은 우리를 위에서 보는 것이 아닐 거라는, 옆에 다가왔을 때 그 사람의 눈이 나의 마음속에 들어올 거라는 기분이 들어요.

우리 부모님 경우를 생각해 보면, 죽은 사람과 같이 살아간다는 것은 죽은 사람이 주변에 있다는 뜻이 아니라, 죽은 사람의 영혼 가운데 일부와 하나가 되는 것이 아닌가 싶습니다.

이건 상상인데요, 만약 죽은 사람들이 우리 주변에 있다면, 우리가 하늘을 올려다보거나 혹은 영정이나 무덤 앞에서 두 손을 모으고 뭐라 말하는 것을 보고서 '여기 있는데.' 하면서 바로 뒤에서 후훗 웃지 않을까요.

?

지금은 여러 가지로 난관이 많은 시대죠. 자살을 하는 사람도 적지 않습니다.

자살이란 마음속의 사랑을 담는 저금통이 비었을 때 하는 것이라고 저는 생각합니다. 그냥 단순한 의미의 사랑이 아니라 사랑이라는 이름으로 부를 수 있는 에너지라고 해석하고 말이지요.

인생의 초반기에 부모에게 많은 사랑을 받으면 저금통은 쉽게 비지 않지만, 그렇지 않은 경우에는 어떤 곤란한 일이 닥쳤을 때 한꺼번에 에너지가 없어져 버리죠. 그다

어른이 된다는 건

음 무에서 기어오르기는 쉬운 일이 아닙니다.

그렇기 때문에 더욱이 저는 여러분이 스스로 목숨을 끊는 일은 없었으면 좋겠어요.

사랑의 저금을 다른 사람에게 선물하면서 나 자신이 성장하는 것을 배우기 위해 이 세상에 태어났으니, 빈 저금통을 다시 채우기 위해서는 살아갈 수밖에 없기 때문이에요.

사랑을 담는 저금통의 멋진 점은, 사랑을 주면서도 채워진다는 것입니다.

그리고 한 가지 더 분명하게 말할 수 있는 것은, 자고 싶은 시간에 자고 일어나고, 마음껏 웹서핑을 즐기는 것도 건강할 때가 아니면 할 수 없다는 거예요.

위를 잘라내는 수술을 받은 사람이 갑자기 스테이크를 먹을 수 없는 것처럼, 건강한 때가 아니면 건강을 소홀히

할 수도 없으니까요.

그러니 스스로 목숨을 끊고 싶어지는 시점이 다가왔다고 생각되면 차분하게 생활을 다잡도록 하세요. 아침에는 일정한 시간에 일어나고, 최대한 몸을 움직이고, 잠이 오지 않더라도 일찍 잠자리에 들도록 하세요. 인터넷에 허비하는 시간을 제한하고, 담백하고 질 좋은 음식을 먹고, 번잡한 인간관계와 술, 성욕 같은 것은 잠시 접어 두고 저금통을 다시 채우는 거예요.

그렇게 하면 얼마든지 몸과 마음의 건강을 되찾을 수 있는 날이 올 거예요.

지금 가장 즐거운 일이 먹고, 마시고, 웹서핑을 하고, 밤을 새우는 것인데 사는 맛을 잃겠다고 생각할 수도 있지만, 살아갈 에너지가 차오를 때까지 조금만 인내하는 것이니 충분히 해낼 수 있습니다.

어른이 된다는 건

생애에 걸쳐 큰 도움을 줄 수 있는 지혜이므로, 아직 젊은 분들에게도 반드시 전하고 싶습니다.

여섯 번째 질문

나이를

먹는다는 건

좋은
일일까?

?

우선 간단하게, 손윗사람은 참 대단하다고 생각하면 많은 것들이 정말 편해집니다.

아무튼 상대의 나이가 한 살이라도 많으면, 예의 바르게 행동하면서 신나게 얻어먹으세요. 하하.

그리고 손아랫사람에게는 신나게 한 턱 쏘는 거예요.

저는 그런 방식을 꽤 마음에 들어하는 편이라 굳이 바

꿀 필요는 없다고 생각하고, 실제로도 그렇게 살아가고
있습니다. 하지만 사람은 저마다 취향이 다르니, 자신이
속한 단체 안에서 조절하는 게 좋겠죠.

?

저는 아줌마가 되면 멋도 안 부리고 몸매도 망가지고
뻔뻔해지고 목소리는 커지고 호피 무늬 옷 같은 거나 입
게 되고, 그래서 인생이 끝장나는 게 아닐까 생각했어요.

그런데 반드시 그렇지만은 않더군요.(일부 그렇게 된 것
을 부정할 수 없지만…… 특히 호피 무늬와 몸매.) 자신에 대
해 더욱 잘 알게 되어 오히려 편해졌습니다.

가고 싶지 않은 레스토랑도, 마시고 싶지 않은 음료도,

입고 싶지 않은 스타일의 옷도 알게 되고, 나아가 어떤 사람을 만나고 싶지 않은지도 알게 됩니다.

그러면 자신의 인생을 스스로 만들어 갈 수 있게 되죠.

곰곰 생각해 보면 알 수 있는 일인데, 어린아이는 조금도 자유롭지 못합니다. 기본적으로 생각도 부모와 학교라는 틀 안에서 해야 하는 데다 경제적인 능력도 전혀 없잖아요. 생활 방식도 선택할 수 없고, 친구도 아는 범위 안에서 찾을 수밖에 없습니다.

지금 그 시절로 다시 돌아가라고 하면, 저는 농담하지 말라고 생각할 거예요. 넘치는 에너지가 그 부자유스러움을 벌충해 주고 있을 뿐, 편하지도 자유롭지도 못하니까요.

?

그런데도 젊은 시절의 제 사진을 보면 이런 생각이 절실해져요.

아, 몸매가 살아 있네, 이 넘치는 기운은 또 어떻고, 이 회복력에 체력! 이 시절에만 할 수 있는 것을 좀 더 해 두었더라면 좋았을걸, 하고요.

그 시절의 자신은 그런 줄을 모르고, 앞날에 훨씬 더 좋은 일이 있을 것이라 생각하면서 많은 것을 제한했죠. 비키니도 열심히 입고, 요란한 화장도 해 보고, 더 신나게 먹을 걸 그랬어. 안 그래도 꽤 한 편이지만, 더 많이 많이.

그러고는 퍼뜩 깨닫게 되었어요.

그렇구나, 앞으로 10년이나 20년 후의 내가 본다면, 30년 후에 살아 있다치고 건강을 잃었다면, 지금의 나를

그 시절의 자신은 그런 줄을 모르고,
앞날에 훨씬 더 좋은 일이 있을 것이라 생각하면서
많은 것을 제한했죠.

보면서 똑같은 생각을 할 거야, 하고 말이죠.

그러니 지금 할 수 있는 일을 한껏 하는 게 좋겠습니다.

그것이 미래의 자신이 지금의 자신에게 보내는 가장 소중한 메시지라고 저는 생각해요.

그 점을 명확하게 이해하는 것이야말로 어른이 되는 것인지도 모르겠군요.

어른이 된다는 건

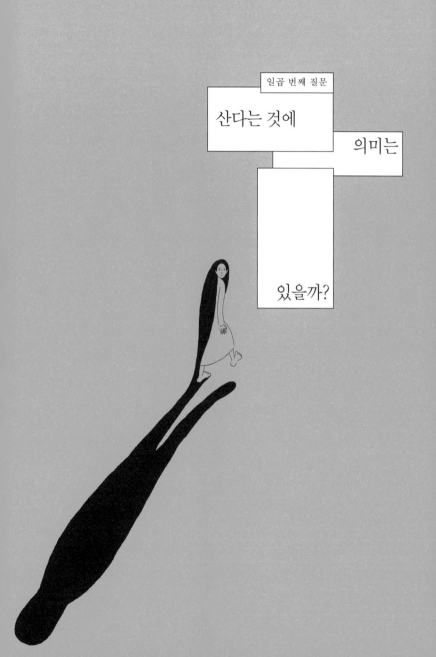

일곱 번째 질문

산다는 것에 의미는

있을까?

?

나이가 이쯤 되고 보니 과연 알게 되더군요.

산다는 것에는 의미가 있습니다. 확신을 갖고 그렇게 말할 수 있어요.

죽으면 정말 아무것도 남지 않기 때문이에요. 실감할 수 있는 게 아무것도 없죠.

바로 몇 장 앞에서 죽은 사람에게도 생명이 있다고 썼

으니 모순되는 것처럼 보이지만, 몸이 없어진다는 것은 맛
있는 음식을 먹고 맛있다고 느끼거나 울고 웃을 수 없다
는 뜻입니다. 무로 돌아가고 싶다는 사람도 많이 있겠지
만, 못다 한 일을 남기고 무가 되면 후회하지 않을 사람도
없겠지요.

물을 마셔 목을 축일 수도 없고, 눈물이 뜨겁다는 것
도 느낄 수 없게 됩니다.

제 경우에는 소설을 쓰기 위해 키보드를 두드리는 일
도 없어질 테고, 오래 앉아 있는 탓에 허리가 아플 일도
없어지겠죠.

그것을 무라고 하지 않고 무엇이라 할 수 있을까요.

그렇다면 사람은 뭘 하기 위해 태어났을까요. 저는 각
자가 자기 자신을 끝까지 밀고 나가기 위해 태어났다고
생각합니다.

사람이 그렇게 자신을 끝까지 관철하면, 왜 그런지는 몰라도 반드시 다른 사람에게 도움을 주는 존재가 되더군요. 인간이란 애당초 그렇게 생겨 먹은 존재라고 생각합니다.

괴롭고, 고통스럽고, 귀찮은 것은 충분히 살지 않는 상태이기 때문입니다. 그리고 충분히 살지 않는 상태에 있으면 주위에도 비슷한 사람들만 모여들기 때문에 온 세상이 다 그런가 보다 생각하게 됩니다.

하지만 충분히 산다는 것은 정말 고된 일이죠. 느긋하게 풀어져 있는 듯하면서도 마음속은 언제나 날카롭게 반짝거려야 살아 있음이 보장되는, 그런 매일이라고 생각합니다. 저 또한 어쩌다 한 번 경험하는 경지인 터라 '생각합니다.'라고 표현했는데요, 잇달아 밀려오는 파도를 타면서, 몸은 꼿꼿이 세우고, 판단하고, 하지만 마음은 평온

나이가 이쯤 되고 보니 과연 알게 되더군요.

산다는 것에는 의미가 있습니다.

확신을 갖고 그렇게 말할 수 있어요.

한…… 그런 상태에 있으면 사람은 그 사람의 본디 모습을 찾게 됩니다. 그 과정에 물론 시련도 있겠지만, 파도를 타면서 헤쳐 나갈 수 있게 됩니다.

서핑과 마찬가지로 그렇게 되기 위해서는 무수한 연습이 필요하겠죠. 갖가지 규칙에 얽매이면서 보드를 옆구리에 끼고 엉거주춤 바다로 나간 초보 서퍼처럼.

거기에는 다양한 패턴이 있을 거예요.

태어날 때부터 바다와 함께 놀았고, 부모도 서핑을 즐겼던 셀러브리티 같은 사람도 있거니와 나이를 먹은 후에야 처음 바다를 알고서 맹렬하게 연습한 사람도 있고, 애인의 영향으로 별생각 없이 시작했다가 좋아하게 된 사람도 있고…… 모두 귀중한 그 사람만의 여정입니다. 거기에 우열은 있을 수 없죠.

다만 온갖 가치관으로부터 자유롭지 못하면 그 사람의

본디 모습은 찾을 수 없습니다.

그리고 또 이 사회에는 모두가 본디 모습으로 돌아가면 곤란한 구석도 있습니다. 그래서 학교나 회사가 있다고 해도 과언이 아니죠. 오늘날의 학교는 다 같이 회사를 꾸려가기 위한 연습장 같은 곳입니다. 다만, 회사에 있다고 해서 본디 모습을 찾는 것이 불가능한 것은 아닙니다. 오해 없으시기를.

개인으로 자신을 끝까지 관철할 것인가, 회사라는 조직을 이용하고 또 이용당하면서 보다 큰 규모로 자신을 밀고 나갈 것인가, 그 또한 그 사람에게 달린 일이겠지요.

어른이 된다는 건

열심히

한다는 건

뭘까?

?

열심히 하겠다는 말, 요즘은 좋게 받아들여지고 있지 않지만, 저는 무척 좋아합니다.

왠지 의욕이 없고 침울해진다 싶을 때 '열심히 해야지!' 하고 밝은 목소리로 말하기만 해도 공기가 달라지곤 하죠. 마치 공부나 일거리 때문에 밤중까지 깨어 있다가 잠이 쏟아져 창문을 열었더니 신선한 공기가 흘러들었을 때처럼 말이에요.

하지만 누군가에게 열심히 해 보라고 한 경우, 그 사람이 열심히 하지 않았다고 해서, 열심히 했지만 결과가 좋지 못했다고 해서, 잔소리를 해서는 안 되겠죠.

'열심히 해 봐'라는 것은 그야말로 기도와 같아서, 말하면 말한 것으로 족합니다.

그리고 열심히 하는 쪽에서는 그 '열심히'를 눈금으로 삼는 것이 좋겠죠.

아아, 열심히 했지만 이 정도네, 이게 지금의 나야, 하고 깨닫기 위한 눈금 말이에요.

그걸 깨닫게 되면 점차 '내 실력은 그렇게 열심히 애쓰지 않아도 할 수 있는 선에 있다.' 하는 걸 알게 되고, 자신의 인생을 보다 쉽게 짜맞출 수 있게 됩니다.

그것이 '열심히'의 효능이지, 이상도 이하도 아닙니다.

어른이 된다는 건

왠지 의욕이 없고 침울해진다 싶을 때
"열심히 해야지!"
하고 밝은 목소리로 말하기만 해도
공기가 달라지곤 하죠.

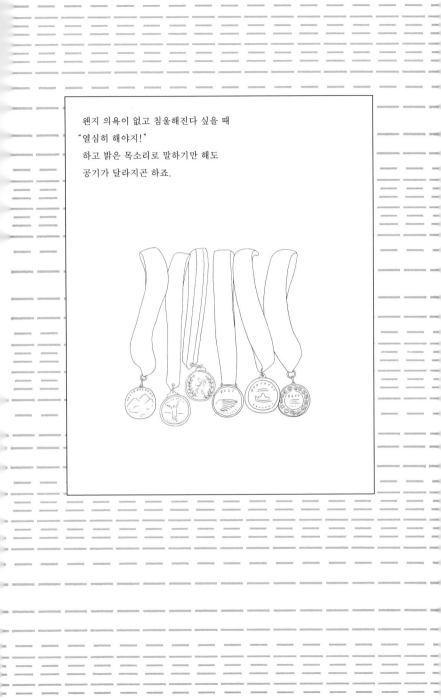

또 '열심히 하라.'라는 말을 들었을 때, 자신이 어떤 느낌이었는지도 무척 중요하죠.

거부감을 느꼈는지, 아니면 격려의 말로 반갑게 여겨졌는지. 궁지에 몰린 듯한 기분이 들었는지, 한 걸음 앞으로 나아갈 수 있는 용기를 얻었는지. 말한 상대에 따라서도 다르겠고, 상황에 따라서도 다르겠지요.

그 느낌 또한 좋은 눈금이 될 수 있답니다. 자신을 알기 위한 눈금 말이죠.

?

만약 '상을 못 받았네.', '열심히 하지 않은 거 아니니, 좀 더 잘할 수 있었잖아.', '일등이 아니면 열심히 했다고

어른이 된다는 건

할 수 없지.' 등등의 말을 하는 사람이 있다면, 자신의 내면의 말을 들어 보고 당당하게 대답하세요.

'저는 최선을 다했으니까, 열심히 했다고 생각해요.'

'맞는 말이에요. 실은 그때 게으름을 좀 피웠어요. 앞으로는 잘할게요.'

'반성할 점은 있지만, 나름대로는 잘했다고 생각해요.'

'도무지 열심히 할 수가 없었어요, 나는 이 일을 좋아하지 않나 봐요.'

그렇게 전하면 상대도 언젠가는 이해할 수 있을 테고, 또 무엇보다 나 자신을 좋아할 수 있을 테니까요.

?

'내일'을 생각한다고 하면, '○○가 되고 싶다.' 하는 '꿈'을 말하는 것이라고 생각하는 사람이 많겠죠.

예를 들어서, 나는 다른 사람보다 좀 귀엽고 노래도 좀 잘하니까 아이돌이 되고 싶다, 될 수 있지 않을까, 하는 것처럼 말이죠.

물론 가능성이 전혀 없는 것은 아니지만, 아이돌이 되

는 사람은 아주 어렸을 때부터 사람들 앞에서 즐겨 노래
를 부르거나, 또 예쁜 용모로 주목받곤 합니다. 그리고 어
느 순간 돌아보면 이미 그런 길이 열려 있는 경우가 많습
니다.

꿈을 갖는다는 것은 멋진 일이지만, 아무것도 없는 곳
에 길을 닦는 것은 정말 힘든 일이죠. 그런 의미에서, 자기
주변이나 관심 범위 안에 없는 것을 미래상으로 꿈꾸는
것은 그리 현실적이지 않다고 생각합니다. 게다가 지금까
지 자신이 좋아했던 것들을 전부 부정해야 하는 경우도
생길 수 있죠.

기본적으로 그런 꿈은 꾸지 않았으면 해요. 지금까지
자신이 쌓아 올린 것이 지금의 자신을 구성하고 있으니,
그것을 살리는 쪽으로 눈을 돌렸으면 하는 것이죠.

나는 왜 여기에 태어났는가, 나는 왜 이 일을 좋아하는

가. 그런 주변적인 문제부터 하나하나 생각해 나가다 보면, 미래의 불확실함은 사라질 것이라고 생각해요.

예를 들어서, 가까운 곳에 미래의 직업이 있다는 면에서는 부모의 일을 물려받기 쉬운 게 분명합니다. 사람은 보통 원래부터 있는 것에 대해서는 고마움을 잘 모르지만, 그 힘겨움을 포함해서 분위기를 안다는 것은 큰 강점이기 때문이죠.

자신이 좋아하는 일을 알고 또 찾는 것은 무척 중요한 일입니다. 어디까지 자신의 취향을 관철할 것인지도 스스로 결정해야 하는 일이니 또한 중요하죠.

미래에 하고 싶은 일을 찾기 위해서는 시간이 필요합니다. 또 자신의 적성에 맞는지 안 맞는지를 분별하는 것은 빠른 시기일수록 좋을 거예요. 꿈과 자신과의 거리가 너무 벌어지면 꿈을 이루기 어려운데, 그럼에도 꿈을 향해 헤쳐 나가는 사람도 있어요. 물론 쉬운 일은 아니죠.

'로마는 하루 아침에 이루어지지 않았다.'라는 말이 있죠. 어떤 사람에게든 지금까지 쌓아 올린 것이 있으니, 열 살에는 열 살 만큼의, 열다섯 살에는 열다섯 살 만큼의 축적이 있는 셈입니다. 부모님에게 부탁해 점검해 달라고 할 수도 있고, 또 자신도 명확하게 들여다 봤으면 좋겠습니다. 그렇게만 해도 상당한 것을 알 수 있게 될 거라고 생각해요. 그 사람이 잘하는 부분은 열 살 때라도 이미 두드러지게 나타나곤 하니까요.

그렇게 해서 초등학교, 중학교, 고등학교와 미래가 점차 또렷해지는 형태가 이상적이지 않나 싶어요.

정말 자신의 적성에 딱 맞는 일도 시간을 두고 찾으면 반드시 찾을 수 있습니다.

어른이 된다는 건

?

다만 어느 정도 나이가 되면 사람은 자신이 잘하는 일로 도피하게 되는데요. 그러면 잘하던 일도 엉망이 되고 말죠. 순조롭지 못한 일을 잘하는 일로 대신해 해소하는 사이클에 빠지면 잘하던 일도 엉망이 되고 그 일을 해도 즐겁지 않게 됩니다.

예를 들어서, 노인 간병이 특기라 고령자를 보살피는 일에는 발군의 능력을 보이면서 주위 사람들의 신망도 두터운 사람이 있다고 해 보죠. 그 사람에게 '요즘 사생활은 어때요?' 하는 질문을 던졌을 때, '일을 제대로 하자니 바빠서.' 또는 '내게는 할아버지 할머니가 있으니까 괜찮아요.' 하는 대답이 나오면 어떨까요. 결국 어떤 한 가지 일에만 특화된 사람은 응용력이 떨어진다는 뜻이 되겠죠.

극단적으로 말해서, 할아버지 할머니와는 즐겁게 대화할 수 있지만 같은 세대 이성과는 한마디도 못 하는 식으로 말이에요.

?

자신이 잘하는 세계밖에 모르면, 고민거리가 생겨도 다른 각도에서 볼 수 없습니다. 그러면 점차 잘하던 일의 범위가 협소해지고 말죠. 최근에 저는 여러 사람을 보면서, 애써 갈고닦은 재능인데 참 아깝네, 하고 생각하는 일이 많습니다.

요즘 세상에는 반드시 이러지 않으면 안 된다느니 목소리 큰 사람이 이긴다느니 하면서 그 사람의 자신감을 빼

어른이 된다는 건

앗는 경우가 종종 있어요. 따라서 잘하는 부분을 더욱 갈고닦아 자신감을 가질 수 있도록 하려는 자세 자체는 잘못 되지 않았죠.

살기 힘든 세상이다 보니 바깥으로 나가면 자신감을 잃게 되니까 자신이 잘할 수 있는 분야의 울타리 안에서 안심하고 싶어 하는 경향이 한층 강해지는 것이라고 생각합니다. 그런 심리는 누구에게든 있는 것이니 이해할 수는 있지만, 그렇게 점점 도피하고 의존하게 되면 점점 약해지고 말겠죠. 또 그건 스스로를 안이하게 만드는 일이기도 합니다. 그렇게 인생에 변화가 적어지는 것은 따분한 일이라고 생각해요.

가능하면 어렸을 때, 젊었을 때 최대한 많은 것을 경험하는 것이 중요해요. 싫어하고 잘하지 못하는 일도 해 보면서 웃음거리가 되는 것, 좋아는 하지만 적성에 맞지 않는 일까지 많이 경험해 보는 것이 얼마나 귀중한지요.

그러다 보면 어른이 되어서 찾은 본업도 순조롭게 나아가지 않을까요.

?

저는 어렸을 때부터 작가가 되겠노라 결심했기 때문에 작가가 되기 전, 모두가 당연히 하는 것들(학교에 가고, 공부하고)에 무슨 의미가 있는지 잘 몰랐습니다.

하지만, 작가로 데뷔한 당시 나이가 어린 탓에 인생 경험이 압도적으로 부족하다는 것을 느꼈죠. 취직도 하지 않았고 말이에요. 무슨 수를 써야겠다 싶어서, 다양한 사람도 만나고 여행을 떠나기도 했습니다. 사람을 만나려면

어른이 된다는 건

차림새나 행동거지, 예의 등 주의해야 할 점이 많으니, 그런 것들도 배우게 되었죠. 돈이 좀 들기는 했지만요. 하지만 인생의 폭을 넓히기 위한 일이었으니 후회는 없습니다.

저는 소설 쓰기를 좋아하고, 쓰다 보면 시간은 얼마든지 흘러갑니다. 그러니까 그때, 집에서 쓰는 일만 계속했다면, 제 소설은 점점 협소해졌을 거예요. 그 돈을 전부 저금했다면 생활에는 별다른 불편이 없었겠지만, 소설에는 불편을 겪어야 했겠죠. 새로운 장소에 가 보고 새로운 사람을 만난다는 것은 정말 멋진 일이었어요. 저 자신을 강하게도 해 주었고요. 그런 체험이 있었기에 소설 속에 다양한 계층의 사람들을 그릴 수 있게 된 것이죠.

세상은 넓고, 다양한 일과 생각이 존재합니다. 한 사람의 인간이 직접 체험할 수 있는 것에는 한계가 있으니까 다른 사람을 만나 그 사람이 하는 일을 보며, 상상했던 것과는 다르네, 하고 느끼는 순간을 많이 갖는 것이 좋아요. 보러 떠나는 것만 해도 신이 나고, 아는 세계가 넓어지고, 또 겸허해질 수도 있습니다.

?

자립이란 돈의 문제는 아닌 것 같군요. 일해서 돈을 벌고 부모와 따로 사는데 부모 슬하를 떠나지 못하는 사람도 정말 많습니다. 그런 경우, 자립한 상황에 있을지언정 진정한 자립이라고는 할 수 없겠죠.

제가 생각하는 자립은 부모나 형제자매에게 아무 말을 않고 문제를 해결한 경험이 있느냐 없느냐에 따라 갈립니다. 부모 대신 친구와 의논해도 좋지만, 그 일을 부모와 형제자매에게는 말하지 않는 거예요. 그렇게 문제를 몇 번 해결한 때가 자립한 때라고 생각합니다.

너무 젊은 시기에 자립하지 않아도 괜찮아요.

저 역시 부모에게 일일이 얘기하지 않아도 괜찮다고 생각하게 된 그즈음에 자립했다는 생각이 들어요. 돌이켜 보면 마흔 살쯤이 아닐까 싶네요. 자신의 두 발로 서서 홀로 걸어가려는 의지도 중요해요. 하지만 평생을 자립하지 않아도 좋은 사람도 있으니까, 그런 사람에게는 무리해서 열심을 강요해선 안 되겠죠.

다만 저 자신은 혼자 서기를 잘했다고 생각합니다. 풍요로운 느낌이 들어서예요. 자신의 세계를 넓혀 나가고, 또 문제를 해결해 나가는 느낌. 마지막에 가서는 부모를 대할 때, 얼굴 보는 것만으로도 충분하네, 하는. 그렇게 되어야 비로소 자립한 어른이 되었다고 할 수 있는지도 모르겠습니다.

?

정말 끝으로 일과는 별개로 사는 즐거움과 보람도 소중하고 또 필요하겠죠. 일만 하면 인생이 즐겁지 않으니까요. 정말 일 자체가 아주 좁아질 거예요. 그런 모든 것이 두루두루 이어져 다 함께 풍요로워지는 것이 가장 바람직한 그림이 아닐까요.

살면서 자신을 향한, 또는 세상을 향한 무수한 물음표와 맞닥뜨린다.

'오늘 저녁에는 뭘 먹지?' 하는 일상적인 물음에서 '아, 내 인생이 제대로 흘러가고 있는 건가?' 하는 다소 까다로운 물음까지, 시도 때도 없이 물음표의 공격을 받는다.

물음표는 마침표로 마무리되어야 후련하다.

전자는 '그래, 오늘은 날씨도 찌뿌둥하니까, 따끈하게 국수나 끓여 먹자.' 하는 명료한 대답이 가능하다.

후자는 영 그렇지 않다.

이 질문에는 자신의 내면을 되짚어 보면서 성찰하는 과정이 필요하고 또 세상과의 관계를 점검하는 과정도 필요하다. 하지만 이 두 가지 과정을 거친다고 눈이 번쩍 뜨이는 대답을 얻을 수 있는 것도 아니다. 때로는 적당한 선에서 타협하고, '이 정도면 괜찮지 뭐.' 하는 애매모호한 대답으로 자신을 다독인다. 또 때로는 좀처럼 타협할 수 없어 뜬 눈으로 밤을 지새우며 꼬리에 꼬리를 무는 질문에 허우적대는 일도 있다.

요시모토 바나나가 이 책에서 제기하는 질문들은 전자 같은 일상적인 물음이 아니다. 하지만 누구든 생의 어느 시기에 반드시 한 번쯤 자신을 향해, 그리고 타인을 향해 던져 보았을 질문들이다. 따라서 대답이 애매모호하거나 아예 없어 고뇌의 씨앗이 되었을 까다로운 것들이다.

어른이 된다는 건

하지만 중요한 것은 질문을 제기하고, 답을 얻기 위해 아등바등하는 과정과 그런 자기 자신이 아닐까. 내면에서 끓어오르는 질문을 회피하지 않고, 타협의 선을 찾거나 고뇌의 밤을 보내거나 하는 것이 아닐까.

그럴 때, 우리는 껍데기를 벗은 있는 그대로의 자기 자신과 마주하게 된다.

그러다 벌거벗은 자신의 초라하고 애처로운 모습을 타인에게 들킬까 봐 벌벌 떨지 않는 순간, 자아와 타자를 동시에 인식하는 그 자각의 순간에 우리는 어른으로 탈바꿈하는 것이지 싶다.

내 인생의 거울 같은 두 딸을 그리워하며

2015년 가을

김난주

옮긴이 김난주

1987년 쇼와 여자대학에서 일본 근대문학 석사 학위를 취득했고, 이후 오오쓰마 여자 대학과 도쿄 대학에서 일본 근대문학을 연구했다. 현재 대표적인 일본 문학 전문 번역가로 활동하며 다수의 일본 문학을 번역했다. 옮긴 책으로 요시모토 바나나의 『키친』, 『하드보일드 하드 럭』, 『하치의 마지막 연인』, 『암리타』, 『티티새』, 『불륜과 남미』, 『허니문』, 『슬픈 예감』, 『아르헨티나 할머니』, 『무지개』, 『데이지의 인생』, 『그녀에 대하여』, 『안녕 시모키타자와』, 『바나나 키친』, 『막다른 골목의 추억』, 『사우스포인트의 연인』, 『도토리 자매』, 『꿈꾸는 하와이』, 『스위트 히어애프터』, 『N·P』, 『바다의 뚜껑』 등과 『겐지 이야기』, 『모래의 여자』, 『가족 스케치』, 『훔치다 도망치다 타다』 등이 있다.

어른이 된다는 건

요시모토 바나나의 즐거운 어른 탐구

1판 1쇄 펴냄 2015년 10월 16일
1판 10쇄 펴냄 2024년 4월 30일

지은이   요시모토 바나나
옮긴이   김난주
발행인   박근섭, 박상준
펴낸곳   (주)민음사

출판등록   1966. 5. 19. 제16-490호
주소   서울특별시 강남구 도산대로1길 62(신사동)
              강남출판문화센터 5층 (우편번호 06027)
대표전화   02-515-2000 | 팩시밀리   02-515-2007
홈페이지   www.minumsa.com

한국어 판 ⓒ (주)민음사, 2015. Printed in Seoul, Korea

ISBN   978-89-374-3217-0 03830